W0399086

TEBO

RAOWL

La Bella e il Bruto

aiuto colorista
ANNE-CLAIRE THIBAUT-JOUVRAY

traduzione
FABIO REGATTIN

I FUMETTI DELLA CIOPI
#logosedizioni

RAOWL VOL. 1. LA BELLA E IL BRUTO

Edito e distribuito da

Strada Curtatona 5/2 - 41126 Modena (Italia)

Edizione originale: *Raowl 1 - La Belle et l'Affreux*

Traduzione: Fabio Regattin
Redazione: Francesca Del Moro
Impaginazione: Alessio Zanero

Stampato in Italia da Tipografia Negri con inchiostro ecocompatibile
su carta Sappi Magno Natural 170^{gsm} di cellulosa ecologica
ad alto contenuto di riciclo.

ISBN: 978-88-576-1242-3

ALL'ASSALTO!
ALL'ABBORDAGGIO!
NON...
NON SPINGETE!
PRIMO!
YAAAAH!
COS'È QUEST'URLO SELVAGGIO?
INFATTI, UN PO' DI CONTEGNO.
LARGO ALLA BESTIA!

YAAAH!
SPERO PROPRIO CHE UN BEL PRINCIPE AZZURRO VENGA A SALVARMI...
SE POI FOSSE ANCHE BIONDO, TANTO MEGLIO!
CON TANTI MUSCOLI...
E SENZA TROPPI BAFFI... QUANDO CI SI BACIA PIZZICANO E MI RIEMPIO DI BRUFOLI.
SBRAM!
AAAH!
CIAO, SONO QUI PER SALVARTI!
MA NON SIETE UN BEL PRINCIPE! E NON SIETE...
NEMMENO BIONDO.
LASCIALA ANDARE, SPECIE DI MOSTRO!
AARGH!
MA COS'È, IL FESTIVAL DEI BRUTTI MUSI?
ATTENTA AL VESTITO.
LE BUDELLA TENDONO A MACCHIARE.
ZAC!
ZAC!
ZAC!

YAAAAH!
VOGLIO VEDERE IL SANGUE!
AAAH!
AHAH, QUANTO MI DIVERTO!
PIÙ TARDI, IN UNA LOCANDA DELLA CONTEA DI BELBOSCO...
TU NON MANGI, PRINCIPESSA?
MI SA CHE PER OGGI HO VISTO TRIPPE A SUFFICIENZA.
A PROPOSITO: PER IL SALVATAGGIO ME LO MERITO UN BACETTO, NO?
EHI! IO AVEVO ORDINATO UN PRINCIPE AZZURRO!

* AFFASCINANTE IN FRANCESE

IN QUALI LANDE MI STAI CONDUCENDO?
MI PARE OVVIO CHE TI STO RIPORTANDO A CASA.
NON SE NE PARLA NEMMENO!
COSA?!
DA MIO PADRE FA FREDDO, C'È TROPPA UMIDITÀ E MI ANNOIO.
SONO GIOVANE E BELLA, MERITO DI VIVERE STORIE APPASSIONANTI E MERAVIGLIOSE.
TI ORDINO DI TROVARMI UN PRINCIPE AZZURRO!
AAARGH!
E IO COSA SONO?!
NON TORNERÒ SULL'ARGOMENTO... VISTO COME REAGISCI ALLE CRITICHE.
LA SIGNUORINUA FA LA DIFFICILE.
VOGLIO SOLO CHE SIA UN PRINCIPE E CHE SIA AZZURRO.
E BIONDO.
E CON TANTI MUSCOLI.
IO ME NE STAVO TRANQUILLA, PRIGIONIERA NELLA MIA TORRE...
ASPETTAVO SOLO CHE ARRIVASSE UN BEL PRINCIPE. ME LO DEVI.
UFF.

MA COSA CREDI, CHE CI SIA UNA FABBRICA DI PRINCIPI AZZURRI?
NON È UN PROBLEMA MIO!
SE ME NE TROVI UNO BELLO... TI CONCEDERÒ UN BACIO...
SULLA BOCCA?
UHM... VEDREMO...
CON LA LINGUA?
PER QUELLO DOVRAI TRAMORTIRMI.
ECCO LA CITTÀ DEI PRINCIPI AZZURRI.
BENE.

MA NON C'È NESSUNO.
NORMALE, È SOLO MEZZOGIORNO... A QUEST'ORA I PRINCIPI AZZURRI DORMONO ANCORA.
DEVONO DORMIRE MOLTE ORE PER MANTENERE LA PELLE LISCIA.
POSSIAMO COMINCIARE DAL PRINCIPE AZZURRO DELLA CASA DI MARZAPANE.
NON PENSARCI NEMMENO! SARÀ UN CICCIONE CHE PUZZA DI SUDORE.
COS'HAI CONTRO IL SUDORE? È UNA BELLA COSA, IL SUDORE.
VUOL DIRE CHE UNO È UN UOMO VERO.
SNIF SNIF!
PIÙ CHE ALTRO VUOL DIRE CHE UNO NON SI LAVA.
IN QUESTO VICOLO C'È UN PRINCIPE CHE ABITA IN UNA CASA A FORMA DI CALZINO.
CHE PEZZENTE... INVECE QUESTA QUA MI FA VENIRE VOGLIA DI SPOSARMI E FARE DECINE DI BAMBINI.

KSSS!
E QUESTO RUMORE?
FRR!
È IL GUARDIANO DELLA CITTÀ!
AAH!
CI PENSO IO, PRINCIPESSA!
UIIII!!
ANCORA UN COLPO DI SPADA E HO FATTO

ALLORA, CHI È IL PIÙ TOSTO?
PER FARE COLPO SU DI ME DOVRAI PORTARE A TERMINE LA MISSIONE CHE TI HO AFFIDATO.
RAOWL, BUSSA PER ME.
OK.
È UN PO' STRANA, NO, QUESTA MANIA DI SPACCARE TUTTO?
È IL MIO MARCHIO DI FABBRICA.
CHI SIETE, E COSA VOLETE DA ME?
SONO GONZAGO DI BUONSOGGIORNO, COMBATTO CONTRO GIGANTI E MULINI A VENTO.
UN AVVENTURIERO!
SSSEEE.
FORSE UN PARRUCCHIERE ...
E HOP!
UAAU!

IO SONO UNA PRINCIPESSA... E VOI SIETE IL PRINCIPE AZZURRO CHE MI SERVE... BELLO, BIONDO, BAFFETTI DA SPARVIERO E MUSCOLI QUANTO BASTA.
CALMA, CALMA.
IN CHE SENSO?
SONO UN PRINCIPE AZZURRO DI QUALITÀ SUPERIORE.
E... E ALLORA?
COME I PROSCIUTTI?
SEI UN PROSCIUTTO?
SONO UN PRINCIPE DI PRIMA CATEGORIA E NON SCELGO LE PRINCIPESSE ALLA LEGGERA...
MA COS'È, SEI CIECO PER CASO?
HAI VISTO I MIEI CAPELLI? E IL VESTITO? IO SONO IL TOP!
SÌ, ANCHE MIA NONNA...
ACCIDERBOLA!

RAOWL, VORRESTI INSEGNARE A QUESTO ZOTICO SENZA IL MINIMO GUSTO IN FATTO DI PRINCIPESSE A RISPETTARE LA MIA IMMENSA BELTÀ?
EH?
CON GRANDE PIACERE!
SPLACH!
NON TI AVEVO CHIESTO DI POLVERIZZARLO! ORA HA LA TESTA COME UN CHEWING GUM.
EHI, EHI! NON È MICA COLPA MIA SE È COSÌ POCO RESISTENTE!
LA PROSSIMA VOLTA SI METTERÀ UN CASCO.
ANDIAMO A CERCARE UN PRINCIPE NUOVO DI PACCA.
OK, OK.
NON NE TROVERETE DA NESSUNA PARTE!

IIIIIH!
AVETE MESSO IN FUGA TUTTI I PRINCIPI AZZURRI.
OH! UNA PRINCIPESSA AZZURRA!
HANNO AVUTO TUTTI PAURA DI SUBIRE LA STESSA SORTE DI GONZAGO... SONO ANDATI A CAMBIARSI LE MUTANDE.
TUTTA COLPA TUA!
GNÉ GNÉ!
BELLO, IL VOSTRO PONY.
È UN UNICORNO. NON SARAI UN PO' SCEMA?
SU, SALI.
ANDIAMO A FARE UN GIRETTO AL CHIARO DI LUNA.
MA SIAMO IN PIENO GIORNO!
AHAH! ALLORA NON SEI COSÌ SCEMA.
E IL TUO PROGETTO? E IL PRINCIPE AZZURRO?
UNA PRINCIPESSA AZZURRA È ANCORA MEGLIO...
NON HA I BAFFI.
♪ E HO UN UNICORNO. ♫

BE'...
E IL MIO BACETTO?
TIENITI FORTE!
UAU! SENTI CHE MUSCOLI!
GIÀ!
PFF...
ANCH'IO SONO UN PRINCIPE AZZURRO...
SNORT.
SNORT.
HO PRESO FREDDO.
EEH...
AAH!
E...
ECCIÙ!
PFF...
CHE GIORNATA DI CACCA...
FINE

YAAAH!
SER GONTRANDO, PERCHÉ QUESTA FRETTA?
PIÙ IN FRETTA SI VA NELLA FORESTA OSCURA... E MENO SI RISCHIA DI LASCIARCI LA PELLE!
CRK!
SBLAM!
AHIA! AHIAHI!
SER GONTRANDO?
MADAMIGELLA BELLA, MI TROVO OLTRE QUESTA QUERCIA.
I CAVALLI SONO MORTI E IO HO UNA GAMBA SPAPPOLATA.

POTREI...
ADESSO È SPAPPOLATA ANCHE LA TESTA.
UHUH!
IIIH!
COSA?
SONO LE URLA DI UNA DONZELLA CHE ENTRA IN UNA VASCA TROPPO FREDDA.
DAL NUMERO DI 'I', DIREI CHE SI TRATTA PIUTTOSTO DI UNA PRINCIPESSA IN DIFFICOLTÀ.
ALLORA VAI?
GIÀ!
LA SALVERÒ!
SCAPPA.
FUITT!

ANF! ANF!
BÙ!
EHI! MA SEI UNA PICCOLA SIGNORINA...
NIENTE AFFATTO, SONO UNA MADAMIGELLA.
STAVO ANDANDO IN CITTÀ PER TROVARE UN PRINCIPE AZZURRO, SPOSARMI E FARE...
EHM... NON È CHE ME NE FREGHI GRANCHÉ.
MA SE VUOI SPOSARTI... PER ME È OK.
CO... COSA? MA NEANCHE CI CONOSCIAMO!

MI CHIAMO PAOLO. SARAI MIA MOGLIE... IO TI FARÒ LE COCCOLE E TU FARAI LE FACCENDE.
AH! FINALMENTE UN VERO ROMANTICO!
SÌ, È VERO, A MODO MIO SONO UN GRAN ROMANTICONE.
EH? GUARDA CHE ERO IRONICA!
NON È MATERIALMENTE POSSIBILE FARE QUALCOSA INSIEME.
SAREBBE COME MESCOLARE PROFUMO E LETAME.
E IO... SAREI IL PROFUMO?
TING! RISPOSTA SBAGLIATA, PAOLINO.
SEI PIUTTOSTO IL TIPO CHE RIEMPIREBBE UNA MUTANDA.
LE COCCOLE ORA TE LE FACCIO CON LA CLAVA. VEDIAMO SE TI INTENERISCI UN PO', SCREANZATA.
ALTRA RISPOSTA SBAGLIATA. MI CHIAMO BELLA.
SEMBRA CHE QUALCUNO ABBIA BISOGNO DEI MIEI SERVIGI.
IIIH!

SENTI UN PO', RAZZA DI BUZZURRO, VUOI SMETTERLA DI SPAVENTARE LE FANCIULLE IN PERICOLO?
PRESTO FATTO. ORA SGUAINO LA SPADA, TU MUORI, IO MI GUADAGNO UN BACIO.
EHM... UN BACIO DA CHI?
DI CERTO NON DA ME, DATO CHE SARÒ MORTO.
CI OCCUPEREMO DOPO DELLE QUESTIONI AMMINISTRATIVE...
YAAAH!
MANCATO!
HAI BISOGNO DI UN PAIO DI OCCHIALI!
PUM!
EHM... DI UN MONOCOLO.
ET VOILÀ, UN BEL SALVATAGGIO DI PRINCIPESSA ALLA RAOWL!
ZAC!
NON MI SENTO GRANCHÉ BENE.
PER LA RICOMPENSA, DA QUESTA PARTE.
AAH!
UFF... SEMPRE LA STESSA STORIA.

UH?
CHE CI FACCIO IN QUESTO LETTO?
TI CI HO MESSA IO.
BENVENUTA NEL GIARDINO INCANTATO DI RAOWL LA BESTIA!

HAI DORMITO PER TRE GIORNI. CHE NE DIRESTI DI UN BACETTO DEL RISVEGLIO?
NON SERVE, SONO SVEGLISSIMA ORA!
E ALLORA? FACCIAMOLO PER IL PIACERE, NO? MMH...

CAAAALMA...
TRA L'ALTRO VEDO UNA BELLA CARIE, LÀ IN FONDO A SINISTRA.
BASTA!
HO DETTO BASTA!
UN SORRISO NON SIGNIFICA CHE IO ABBIA VOGLIA CHE MI INFILIATE LA LINGUA IN GOLA.
COME?
AVEVAMO UN ACCORDO: UN SALVATAGGIO, UN BACIO!
ROARR!
NON È SBRAITANDO CHE MI FARETE CAMBIARE IDEA.
AAAARGH! SONO FURIOSO!
DEVO SPACCARE QUALCOSA!
EHM... NON LA MIA FACCIA, PER FAVORE.
SBAM! CRAC! SBRAM!
GROAR!
OH, NO! NON IL SERVIZIO DA TÈ.
GRRGN
È PROPRIO NECESSARIO CHE VI COMPORTIATE COME UN PITBULL?
SONO LA BESTIA.

SMETTETELA DI FARE CASINO.
SE VOLETE, POTETE BACIARMI LA MANO.
YEE!
AAH!
BELLA!
FINALMENTE TI SEI SVEGLIATA!
VIENI CON NOI, IN ACQUA SI STA BENISSIMO!
EHI! SI MUOVE TUTTO!
È IL GIARDINO! È MAGICO, SA CHE HAI BISOGNO DI UN BUON BAGNO.
ECCO UN PO' D'OLIO PROFUMATO, COPRIRÀ L'ODORE DEI TUOI PIEDI.

IL MIO VESTITO!
IIIH!
PLUF!
BRRR... È FRESCHETTA, NO?
FA BENE ALLA PELLE...
... E ALLE SQUAME!
A BOMBA!
AAH!
PLUF!
EHILÀ RAGAZZE!

CAVALIERE, CIÒ CHE AVETE APPENA FATTO È SCONVENIENTE!
NON SI ENTRA NELLA STESSA VASCA DELLE FANCIULLE!
MA NON HO NIENTE DI SCONVENIENTE, HO MESSO IL COSTUME.
IO INVECE SONO NUDA... UNO DI NOI DUE È DI TROPPO, QUI!
BE'... MA... SIAMO PUR SEMPRE A CASA MIA.
HO CAPITO! ME NE VADO...
MA SEI SENZA VESTITI.
ALLORA ME NE FARÒ UNO CON LE BOLLE.
GRR!
PERÒ, CHE CARATTERINO!
GIÀ.
MI SA CHE MI SONO INNAMORATO.
MOLLA IL VESTITO, MALEDETTO GIARDINO!
STA PERDENDO TUTTE LE BOLLE!
AH AH!
MI SONO INNAMORATO UN'ALTRA VOLTA.

EHILÀ.
AAH!
ANDATEVENE! SONO ANCORA IN COLLERA CON VOI!
PRENDILA, È UNA HIPPIFALIZIA. TE LA REGALO. ERA IL FIORE PIÙ BELLO DEL MIO GIARDINO.
PERCHÉ 'ERA'?
ADESSO IL FIORE PIÙ BELLO SEI TU, BELLA.
RAZZA DI ADULATORE, NON MI FARAI CAMBIARE IDEA COSÌ IN FRETTA.
BUGIARDA! STAI SORRIDENDO... ANDIAMO A MANGIARE?
MUOIO DI FAME...
NEL MIO GIARDINO CRESCE DI TUTTO, BASTA RACCOGLIERE QUEL CHE OFFRE.
TIENITI FORTE!
E A PARTE STARE NEL TUO GIARDINO, COSA FAI DI BELLO? VIAGGI?
POCO, LA MIA FACCIA FA PAURA.
AH! OTTIMA SCELTA, LE CAROTONDE.

SUONO UN PO' PER RILASSARMI... SONO UN TIPO PIUTTOSTO NERVOSO.
SE VUOI PASSARE AL DOLCE...
... CI SONO CERTI SCIROPPI CHE LÈVATI.
A ME INTERESSA PIUTTOSTO IL NUTRIMENTO DELLO SPIRITO.
AHI!
AAH! TI PIACE LEGGERE?
IO PENSAVO CHE LE RAGAZZE PASSASSERO IL TEMPO A TRUCCARSI E PETTINARSI.
OPS.
A ME NON SERVE, SONO NATURALMENTE BELLA. COSÌ HO UN SACCO DI TEMPO LIBERO... IL MIO SOGNO È SCRIVERE ROMANZI.
SARÒ IL TUO PRIMO LETTORE.
GLUP.
STO ANCORA CERCANDO LA STORIA GIUSTA.
BE', PUOI SEMPRE RACCONTARE DEL NOSTRO INCONTRO.
LA BELLA E LA BESTIA... NON TI PARE UN TITOLO DA SCEMI?
IH IH.
A ME NON SEMBRA.

OH! QUANTE FARFALLE!
È L'ORA DEL DOLCE.
BLEAH! NON MANGERÒ LE FARFALLE.
NEANCH'IO. DAMMI LA MANO.
STO... STO VOLANDO!
SÌ, MA ANCHE NO. SONO LE FARFALLE A FARE TUTTO IL LAVORO.
ANANAS GLACÉ.
GNAM.
BRR! È BELLO FREDDO.
MI SOLLETICA IL TARTUFO.
EEE... EEH...
SE STAI PER STARNUTIRE, METTITI LA MANO DAVANTI ALLA BOCCA.
...CCIÙ!
RAOWL! MA ALLORA SEI UN PRINCIPE AZZURRO!

UAU! SEI TROPPO BELLO!
HAI DAVVERO UN'ARIA DISTINTA.
ADORO IL TUO ABITO.
CHE PORTAMENTO, RAOWL!
NON MI CHIAMO RAOWL... IL MIO NOME È ERBERTO.
NON HO NULLA A CHE SPARTIRE CON LA BESTIA.
TANTO PIACERE ERBERTO, IO SONO BELLA.
'NSOMMA... MICA TANTO BELLA.
COSA?
SEI ORRIBILE! MI STAVI PIÙ SIMPATICO QUANDO ERI LA BESTIA.
PERCHÉ SIAMO DUE PERSONE DIVERSE, IDIOTA.
AH! IL MIO SPECCHIO!
COOSA?!
UFF! MI ERO DIMENTICATO QUANTO FOSSE FASTIDIOSA LA VOCE DELLE FEMMINE.
EHI, ERBERTO!
GUARDA CHE HAI IL CULONE.

NON TI PERMETTO DI PARLARE DEL MIO DERETANO! SONO INDIGNATO!
E COSA PENSI DI FARE, PRINCIPE DEI CULONI?
AAAARGH! MI FAI USCIRE DAI GANGHERI!
E... ?
PUF!
FIN DA PICCOLO, APPENA STARNUTISCO MI TRASFORMO IN PRINCIPE AZZURRO.
STO ALLA LARGA DAL PEPE E QUANDO HO IL RAFFREDDORE È UN DRAMMA...
SIAMO TUTTI COSÌ IN FAMIGLIA: NASCIAMO BESTIE, MA CI PASSIAMO UNA MALEDIZIONE DI PADRE IN FIGLIO.
MIO NONNO SI TRASFORMAVA IN CONIGLIETTO OGNI VOLTA CHE SCOREGGIAVA.
UHUH!
AHAH!
SONO TROPPO CONTENTA CHE TU SIA TORNATO.
GIÀ!
È FATTA!
DOVE VAI?
NON TI MUOVERE, CHIUDI GLI OCCHI... HO UNA SORPRESA PER TE.

UHUH!
EHI!
BELLA!
NON È QUELLA LA SORPRESA!
CHE SUCCEDE?
UN MUCCHIO DI PIPISTRELLI SBUCATI NON SI SA DA DOVE HA RAPITO LA MIA FORSE FUTURA FIDANZATA.
LA PORTANO SULL'OCEANO! PRESTO...
LA MIA NAVE!
RAOWL! AIUTO!

IIIK!
NON È UN PRINCIPE AZZURRO.
IIIK!
COME?
A QUANTO PARE, RAGAZZINA, SEI INTIMA CON UN PRINCIPE AZZURRO.
BE', INTIMA È UN PAROLONE.

SE I MIEI ANIMALETTI TI HANNO PORTATA QUA...
... È PERCHÉ MI SARAI MOLTO UTILE.
MOLTO UTILE?
SAPEVI CHE NON C'È PIÙ UN SOLO PRINCIPE AZZURRO IN TUTTA LA REGIONE? QUALCOSA LI HA FATTI SCAPPARE TUTTI.
EH? FATTI SCAPPARE TUTTI?
SENTI, NON TI METTERAI A RIPETERE OGNI VOLTA LA FINE DELLE MIE FRASI?
È UN GIOCO NOIOSO.
OOPS.
SIAMO SIMILI, IO E TE: DUE BELLE DAMIGELLE ALLA RICERCA DI UN PRINCIPE AZZURRO.
HO UN BISOGNO URGENTE DI SPOSARMI...
VI FERMO SUBITO, TRA NOI DUE CE N'È UNA CHE È UN PO' MENO BELLA.
MI SA CHE SIETE GIÀ SCADUTA.
MA NOO! SONO ANCORA BEN CONSERVATA.
EHM... ARGH, COSA?
AVETE PIÙ RUGHE CHE PELLE.
SENTI, NON È QUESTO IL PUNTO!
SAPPI CHE SEI QUI PER UNA RAGIONE.

TI RINCHIUDIAMO. TU FAI LA PRINCIPESSA IN PERICOLO. IL TUO PRINCIPE VOLA IN TUO SOCCORSO E NOI LO ACCOGLIAMO A BRACCIA APERTE.
E COSÌ AVRÒ IL MIO SPOSO.
AHAHAHAHAHAHAHAHAHAH!
NON CREDIATE CHE VI LASCERÒ FARE CIÒ CHE VOLETE.
LA PROSSIMA VOLTA CHE MI INTERROMPI NEL BEL MEZZO DI UNA RISATA ISTERICA, TI PETTINO CON UN'ASCIA DI GUERRA.
GULP.
VINCENZINO!
CONDUCI LA NOSTRA OSPITE FORZATA NELLA MIGLIORE DELLE NOSTRE SUITE.
QUELLA CON VISTA SUL CIMITERO.
SÌ, MADRE.
VINCENZINO... COS'È QUELLA FASCIATURA ALL'ORECCHIO?
NON MI VA DI PARLARNE.
PRINCIPESSA, ADESSO POTRAI...
LA PRINCIPESSA... CHE FINE HA FATTO?
È SCAPPATA PER IL CORRIDOIO.

NON MI SERVE UN PRINCIPE AZZURRO PER SALVARMI LE CHIAPPE.
MIA REGINA, PARTIAMO ALLA SUA RICERCA?
È UNA RIBELLE. LASCIAMO CHE SI PERDA NEI NOSTRI CORRIDOI. DITE ALL'INTENDENTE DI RIPORTARMELA CON CALMA.
I PIPISTRELLI NON SI VEDONO PIÙ. INUTILE CERCARE DI RITROVARLI.
NON HO BISOGNO DI VEDERLI...
SARÀ IL CUORE A GUIDARMI.
EHI! E QUESTA TEMPESTA DA DOVE VIENE?

OH PERBACCO!
HO IL MAL DI MARE!
ACC! UNO TSUNAMI!
ORA VOMITO. ORA VOMITO.
GLURPL! HO INGOIATO IL VOMITO!
SE NON MI MOLLI SUBITO TE NE PENTIRAI.
KH KH KH!
AH, SÌ? RIDIAMO? OK.
COMINCIAMO...

E HOP!
UIIII!
TI AVEVO AVVERTITO.
MA DOV'È L'USCITA?
AAAH! UNA PORTA! SPERIAMO CHE CONDUCA ALL'ESTERNO.

MA QUESTI...
QUESTI SONO...
SONO TRANCI DI CARNE UMANA.
SONO WILLIAM, L'INTENDENTE DI QUESTA DIMORA.
COSA NE FATE, DI TUTTI QUESTI CORPI?
CI SONO DUE CATEGORIE DI PERSONE CHE HANNO CARNE UMANA NELLE LORO CUCINE...
NOI NON SIAMO CHIRURGHI... QUINDI APPARTENIAMO ALL'ALTRA.
EHM... SIETE CANNIBALI?
CANNIBALI. UHUHUHUH! MA PER NIENTE!
UFF! PER UN MOMENTO HO AVUTO PAURA.
NO. STAVO SCHERZANDO. SIAMO PROPRIO CANNIBALI.
CHECCAVOLO.
LA REGINA MI HA FATTO SAPERE CHE VI RISPARMIERÀ LA VITA SE RIUSCIRETE AD ATTIRARE QUI IL VOSTRO PRINCIPE AZZURRO.
EH?
PER MOSTRARVI COLLABORATIVA, POTRESTE PER ESEMPIO LANCIARE UN GRIDO DI TERRORE DA QUESTA FINESTRA... COSÌ POTRÀ RITROVARVI PIÙ FACILMENTE.
SE È PER DARE UNA MANO...

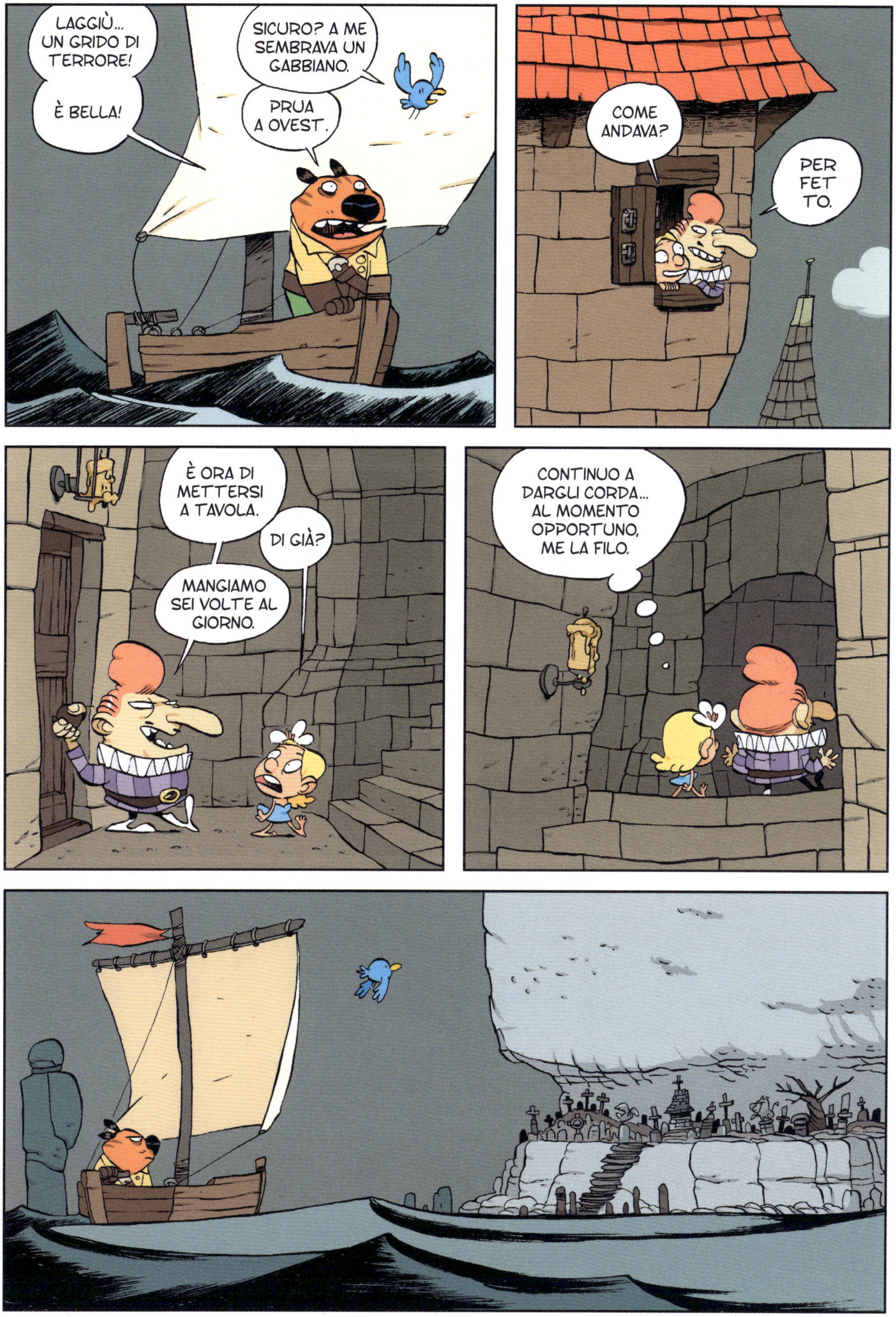
LAGGIÙ... UN GRIDO DI TERRORE!
È BELLA!
SICURO? A ME SEMBRAVA UN GABBIANO.
PRUA A OVEST.
COME ANDAVA?
PER FET TO.
È ORA DI METTERSI A TAVOLA.
DI GIÀ?
MANGIAMO SEI VOLTE AL GIORNO.
CONTINUO A DARGLI CORDA... AL MOMENTO OPPORTUNO, ME LA FILO.

VENGO CON TE.
NO, RESTA QUI. TIENI D'OCCHIO LA NAVE.
BENE. PRIMA DI SCALARE LA SCOGLIERA E DEVASTARE QUALCHE PORTA BLINDATA, DOVRÒ ATTRAVERSARE QUESTO SIMPATICO DORMITORIO.
UFF!
MAI VISTE COSÌ TANTE PIETRE TOMBALI IN UN SOLO CIMITERO.
CRACK!
INDIETRO, CARCASSA! NE HO GIÀ FATTI A PEZZI DI PIÙ SCHIFOSI DI TE!
URGH!

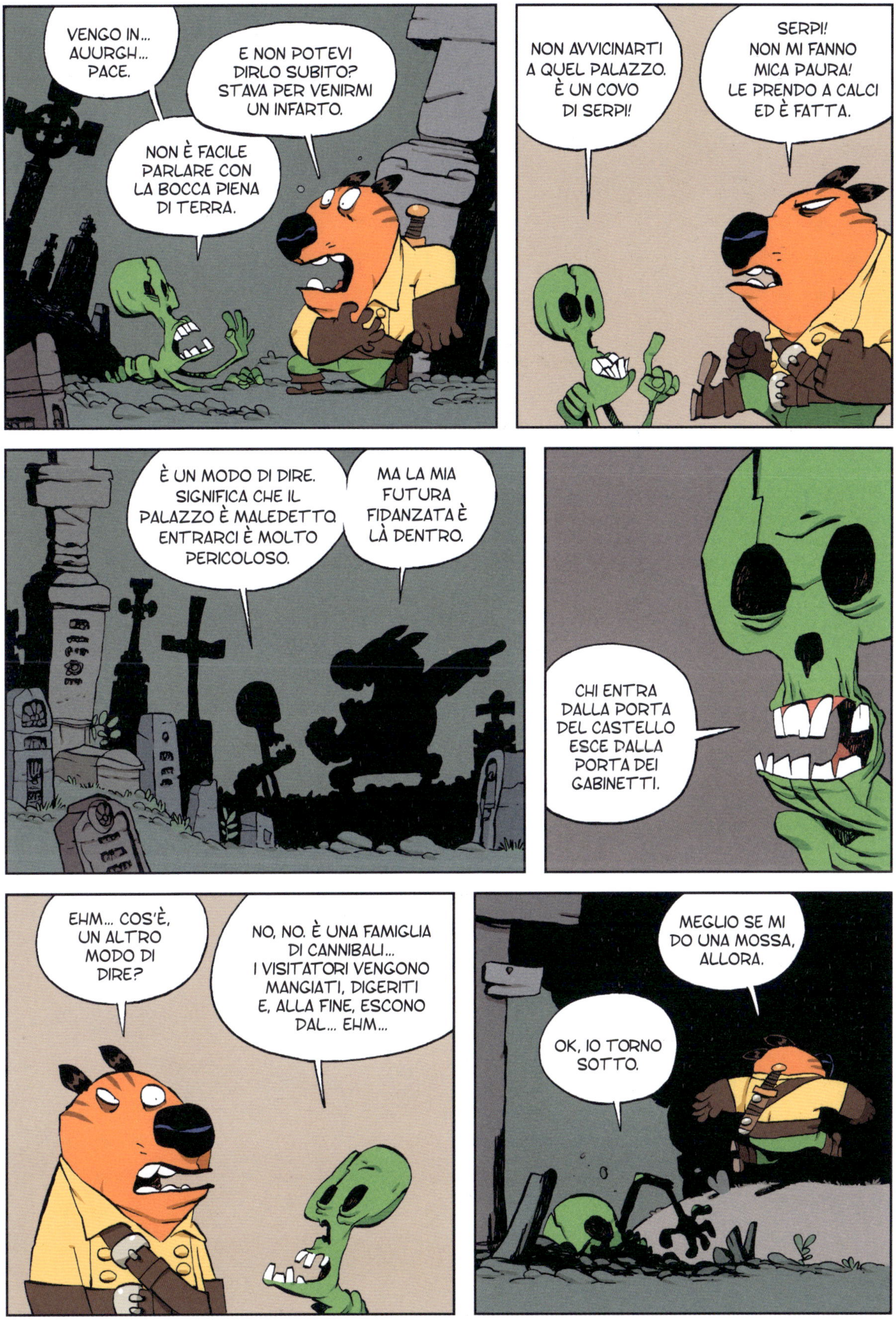
VENGO IN... AUURGH... PACE.
E NON POTEVI DIRLO SUBITO? STAVA PER VENIRMI UN INFARTO.
NON È FACILE PARLARE CON LA BOCCA PIENA DI TERRA.
NON AVVICINARTI A QUEL PALAZZO. È UN COVO DI SERPI!
SERPI! NON MI FANNO MICA PAURA! LE PRENDO A CALCI ED È FATTA.
È UN MODO DI DIRE. SIGNIFICA CHE IL PALAZZO È MALEDETTO. ENTRARCI È MOLTO PERICOLOSO.
MA LA MIA FUTURA FIDANZATA È LÀ DENTRO.
CHI ENTRA DALLA PORTA DEL CASTELLO ESCE DALLA PORTA DEI GABINETTI.
EHM... COS'È, UN ALTRO MODO DI DIRE?
NO, NO. È UNA FAMIGLIA DI CANNIBALI... I VISITATORI VENGONO MANGIATI, DIGERITI E, ALLA FINE, ESCONO DAL... EHM...
MEGLIO SE MI DO UNA MOSSA, ALLORA.
OK, IO TORNO SOTTO.

E... EHM... COM'È ESSERE CANNIBALI?
NIENTE MALE, IN REALTÀ. MANGIARE ESSERI UMANI RENDE IMMORTALI.
VINCENZINO, NON HAI NEMMENO TOCCATO IL TUO PIATTO.
HAI LA FEBBRE?
NON MI VA DI PARLARNE.
AVETE UN PESCE ROSSO?
UN PIRAÑA, CARA... È IL MIGLIORE AMICO DEI CANNIBALI, EHEH!
MMH... DELIZIOSO, QUESTO POLPACCIO IN UMIDO.
RAGAZZINA, MI RITERRÒ PERSONALMENTE OFFESA SE NON FARAI ONORE ALLA NOSTRA CUCINA.
L'ULTIMA PERSONA CHE HA OFFESO LA REGINA È FINITA IN UNA GRIGLIATA MISTA.
SLURP SLURP!
NON VOGLIO FARE COMPLIMENTI, ASSAGGERÒ QUALCOSA.
COSA C'È NEL MIO PIATTO?
L'ULTIMA LINGUACCIA DEL GIULLARE.

PARETI A STRAPIOMBO ALTE CENTO METRI...
UN GIOCO DA RAGAZZI!
ECCO LA CITTÀ...
MI BASTA SALTARE DI TETTO IN TETTO SENZA FARMI SCOPRIRE.
MIA REGINA, SONO TORNATI A TORMENTARCI GLI SPIRITI.
ANCORA? MA È GIÀ LA TERZA VOLTA QUESTA SETTIMANA.

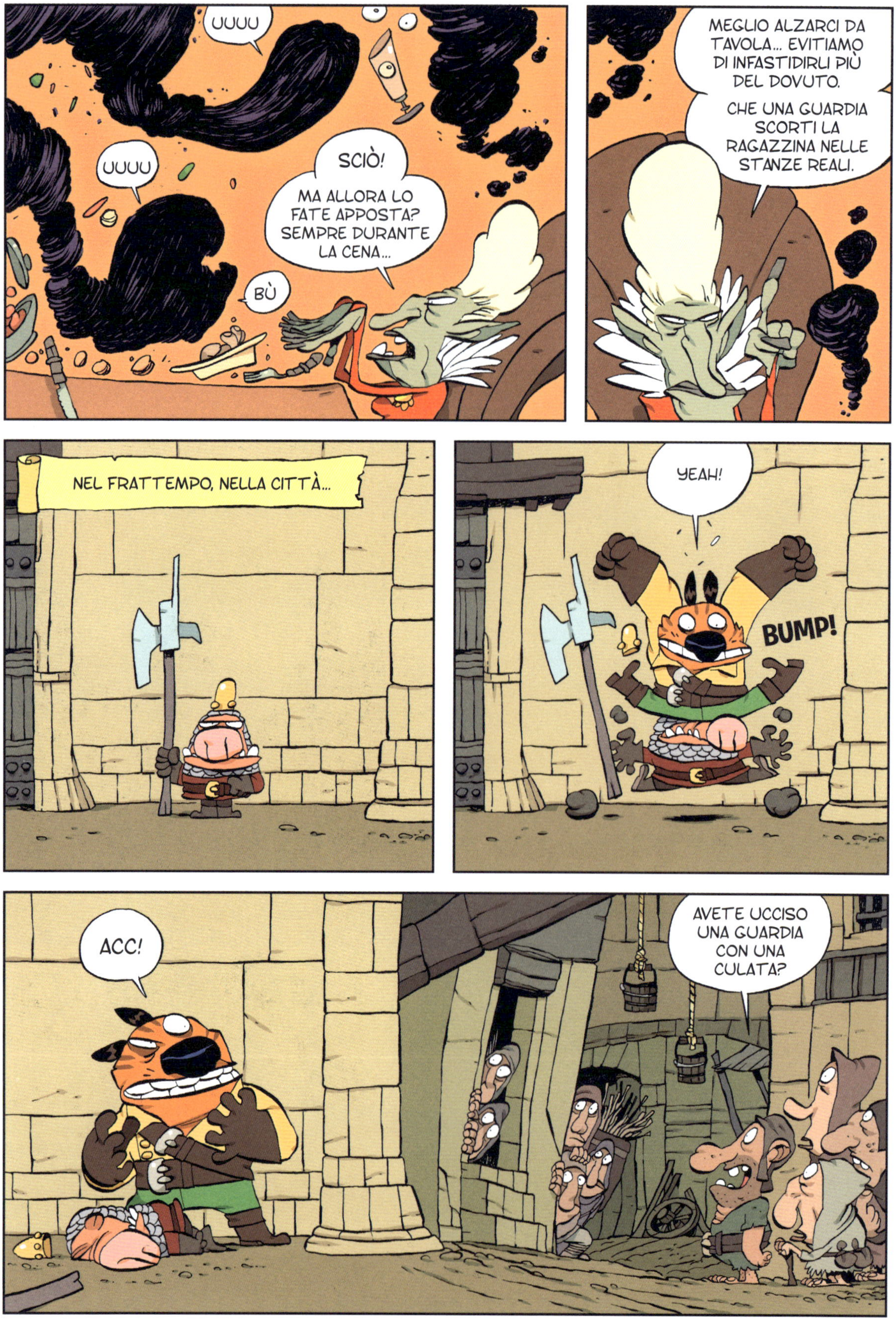
UUUU
UUUU
SCIÒ!
MA ALLORA LO FATE APPOSTA? SEMPRE DURANTE LA CENA...
BÙ
MEGLIO ALZARCI DA TAVOLA... EVITIAMO DI INFASTIDIRLI PIÙ DEL DOVUTO.
CHE UNA GUARDIA SCORTI LA RAGAZZINA NELLE STANZE REALI.
NEL FRATTEMPO, NELLA CITTÀ...
YEAH!
BUMP!
ACC!
AVETE UCCISO UNA GUARDIA CON UNA CULATA?

SONO RAOWL, SALVATORE DI PRINCIPESSE.
E VOI?
SIAMO SCHIAVI. E CI USANO ANCHE COME CIBO.
IO SONO UNA BISTECCA.
IO INVECE UNA BRACIOLA.
POTRESTE SOCCORRERCI?
SPIACENTE! SALVO SOLTANTO LE PRINCIPESSE.
NOOOO!
SCHERZAVO. DOPO LIBERERÒ ANCHE VOI.
GRANDE!
LA FORTEZZA È IMMENSA. SE VOGLIO TROVARE BELLA, DEVO SEGUIRE IL MIO LEGGENDARIO FIUTO.
RICONOSCEREI IL SUO PROFUMO TRA MILLE.
SNIF SNIF
COSA!? SAREBBERO QUESTE LE STANZE REALI?

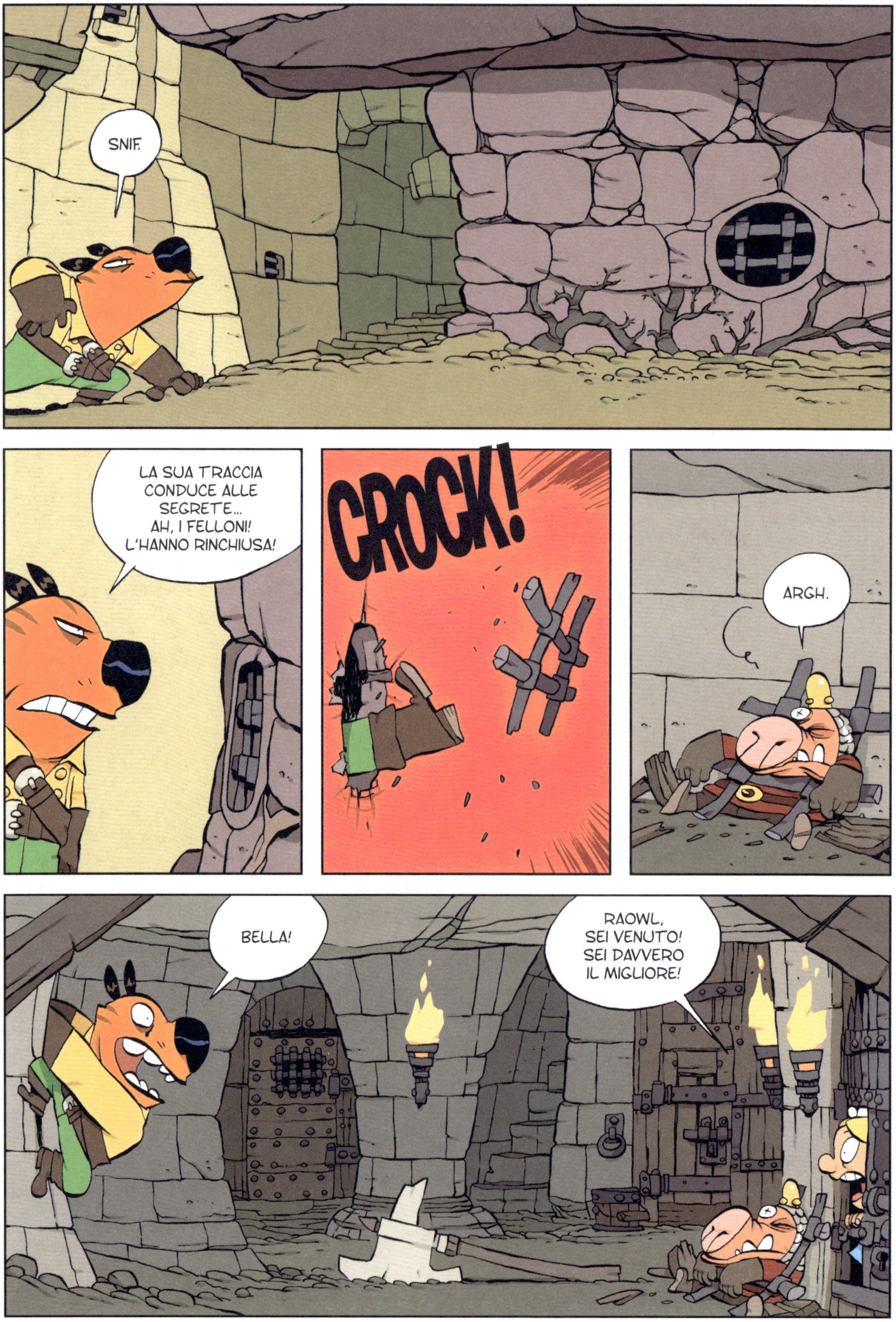
SNIF.
LA SUA TRACCIA CONDUCE ALLE SEGRETE... AH, I FELLONI! L'HANNO RINCHIUSA!
CROCK!
ARGH.
BELLA!
RAOWL, SEI VENUTO! SEI DAVVERO IL MIGLIORE!

PRENDI LE CHIAVI. MI HANNO RINCHIUSA A DOPPIA MANDATA.
NON DIMENTICARE CHE SONO RAOWL, LA BESTIA.
SGRANG!
LE CHIAVI NON SERVONO.
ADESSO COSA FACCIAMO... DIAMO FUOCO AL CASTELLO?
QUASSÙ DOVREBBERO ESSERCI UN BEL PO' DI ASCE... PRENDIAMOLE E ACCOPPIAMOLI TUTTI!
BELLA, HO L'IMPRESSIONE CHE ABBIAMO UN SACCO DI COSE IN COMUNE...
RAOWL, NON È IL MOMENTO PER LE SMANCERIE.
TU QUALE VUOI?
PASSAMI LA MAZZA... CON TUTTE QUELLE PUNTE, DEVE FARE MALISSIMO.
RIPONETE SUBITO QUELLE ARMI E TORNATE NELLA VOSTRA CELLA.

SONO L'INTENDENTE E VI INTIMO DI OBBEDIRE.
UH! ME LA STO FACENDO SOTTO.
BELLO, CREDO CHE TU NON ABBIA IL POTERE DI ORDINARMI UN BEL NIENTE.
INDIETRO, BELLA.
DEVO DECORARE LE PARETI CON LA SUA FACCIA DA PIRLA.
EHM...
E... EE...
OH, NO! MI PIZZICA IL NASO.
AH, SÌ! DECISAMENTE SGRADEVOLE.
CCCIÙ!
OH! UN LAMPADARIO DI PELTRO... MAGNIFICO OGGETTO!
VEDO CHE HO A CHE FARE CON UN UOMO DI GUSTO.
TRA L'ALTRO, AVETE UN PROFILO MAGNIFICO. VE LO DIRANNO IN MOLTI.
OH, ADULATORE! SMETTETELA O MI FARETE ARROSSIRE.
ERBERTO, AIUTAMI A SOLLEVARE QUESTA MAZZA PER FAR SALTARE I DENTI A QUELLA FECCIA!
MA PERCHÉ? HA UN MAGNIFICO SORRISO. SAREBBE UN PECCATO.

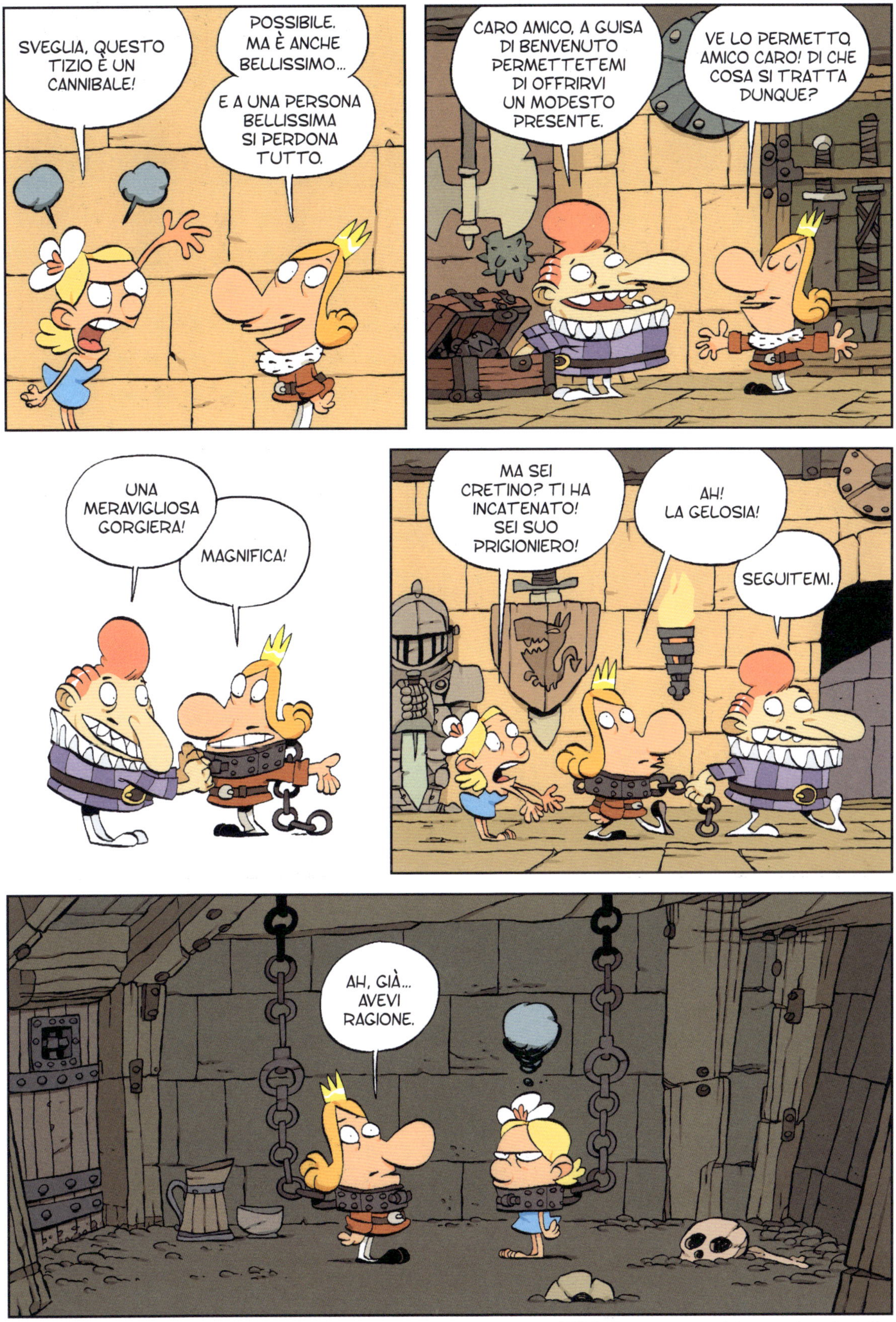
SVEGLIA, QUESTO TIZIO È UN CANNIBALE!
POSSIBILE. MA È ANCHE BELLISSIMO...
E A UNA PERSONA BELLISSIMA SI PERDONA TUTTO.
CARO AMICO, A GUISA DI BENVENUTO PERMETTETEMI DI OFFRIRVI UN MODESTO PRESENTE.
VE LO PERMETTO, AMICO CARO! DI CHE COSA SI TRATTA DUNQUE?
UNA MERAVIGLIOSA GORGIERA!
MAGNIFICA!
MA SEI CRETINO? TI HA INCATENATO! SEI SUO PRIGIONIERO!
AH! LA GELOSIA!
SEGUITEMI.
AH, GIÀ... AVEVI RAGIONE.

MI MANCA...
MI MANCA...
VINCENZINO?
CHE FINE HANNO FATTO LE TUE DITA DEI PIEDI?
EHM... LE...
LE HO MANGIATE.
NON VOGLIO PIÙ ASSASSINARE IL MIO CIBO...
PER SOPPORTARE LA FAME, PREFERISCO MANGIARMI.
LO SAI CHE NON RICRESCERANNO?
PAZIENZA.
CR!
MI RICORDI TUO PADRE.
PERCHÉ NON HA PIÙ LE DITA DEI PIEDI DA QUANDO È MORTO?
HAI IL SUO SGUARDO.
MADRE, I SUOI OCCHI LI AVETE MANGIATI.
CHOMP.
LA LUNA È PIENA, IL MATRIMONIO PUÒ AVERE INIZIO. LA MAGIA DELLA CERIMONIA MI RESTITUIRÀ LA BELLEZZA DELLA GIOVENTÙ PERDUTA.
POTRESTI DARE UNA MANO A WILLIAM CON IL BANCHETTO?
CERTO, MADRE.
IL MIO VOLTO RUGOSO MI RIPUGNA.
RIPUGNA ANCHE ME.
SEI GENTILE, VINCENZINO.

CALATE I PRIGIONIERI!
GNICK! GNICK! GNICK! GNICK!
CRRK!
CRRK!
CLAC! CLAC! CLAC! CLAC! CLAC!
CLING!
CLING! CLING! CLING!

... E PER GLI INTESTINI DI BELZEBÙ IL VILE, VI DICHIARO MARITO E MOGLIE.
NON SIETE OBBLIGATO A BACIARE LA SPOSA.
EHM... IN TEORIA, MI SPETTEREBBE UN BELL'ANELLO DI FIDANZAMENTO, NO?
È UN MATRIMONIO MALEFICO... TI STRAPPERÒ IL CUORE E LO SPREMERÒ COME UN'ARANCIA.
MANGIARE ESSERI UMANI MI RENDE IMMORTALE... MA BERE IL SANGUE PROVENIENTE DAL CUORE DI MIO MARITO PRINCIPE AZZURRO MI SPIANA TUTTE LE RUGHE... È LA MIA PICCOLA CIVETTERIA.
QUESTO È PIÙ O MENO IL MIO TRENTESIMO MATRIMONIO.
PER IL MENÙ, ANDREMO PER GRADI. PRIMA DI ARRIVARE AL CUORE FAREMO UN MACINATO DI PIEDI E TAGLIERÒ LE ORECCHIE PER LA DECORAZIONE. SARÀ UN CAPOLAVORO.
MADRE HA RICHIESTO UNA ZUPPA DI CAPELLI.
EHM... MA È NORMALE QUELLA MUSERUOLA?
È PER IMPEDIRMI DI FARE UNO SPUNTINO.
VIVA GLI SPOSI!
SIGH!

IL TRITATUTTO SI È MESSO IN MOTO! BELLA, FA' QUALCOSA!
MA SEI TU IL PRINCIPE AZZURRO. IO SONO LA FANCIULLA DA SALVARE!
VRZZZZ
GZIII!
SONO UN PRINCIPE MODERNO. HO LO STESSO DIRITTO DI ESSERE SALVATO DI QUALSIASI RAGAZZA.
A OGNI MODO CE LA CAVEREMO. IL TUO CULONE BLOCCHERÀ DI SICURO GLI INGRANAGGI.
COSA?
MI MANDA FUORI DAI GANGHERI!
PUF!
RIECCOMI!
QUANDO SONO PRINCIPE AZZURRO MI PRENDEREI A SCHIAFFI.
SIAMO SOPRA UN TRITATUTTO GIGANTE... NIENTE DI CHE.
OCCHIO, SI BALLERÀ UN PO'.
SBRANG!
YUPPI! RAOWL IL BRUTO È TORNATO!

ALL'ATTACCO!
NON CI TENETE PROPRIO AI DENTI, VERO?
CRACK!
PUM!
SBEM!
PONK!
EHI, FACCIA DA PIRLA! TI PIACE IL PESCE?
EHM... SEGUO UNA DIETA STRETTA A BASE DI CARNE UMANA.
PERFETTO, ANCHE LUI!
CLUNCK!

GLUB, GLUB!
CRUNCH! CRONCH!
BLUB.
COME OSATE OPPORVI AL MIO VOLERE? SIATE MALEDETTI!
MI CREDETE UNA POVERA VECCHIA, BRUTTA E INDIFESA?
PUOI AGGIUNGERE CHE PUZZI DI CIPOLLA.
FOOM!
CHE IL FUOCO RIVELI LA MIA VERA NATURA...
POICHÉ SONO UN DEMONE-VAMPIRO!
UN DEMONE-VAMPIRO CHE PUZZA DI CIPOLLA.

MADRE, NON MI AVEVATE MAI DETTO DI ESSERE UN DEMONE-VAMPIRO.
E DAI, VINCENZI'... OGNUNO HA IL DIRITTO DI AVERE UN PICCOLO SEGRETO.
GUARDA QUESTE TRAVI...
SONO PERFETTE, ECCO L'ARMA DEFINITIVA CONTRO I VAMPIRI!
UNA CROCE!
NO, È UNA LEGGENDA... LE CROCI NON MI FANNO NIENTE. MICA COME L'ACQUA SANTA!
ECCO QUA ALLORA! MUORI! AHAH!
NON È BENEDETTA... NON FUNZIONA.
CHE SFORTUNA!
SONO INVINCIBILE, SONO IMMORTALE! VOI, INVECE... VOI PERIRETE!
SBAM!
UAAAH!
MA CHE...

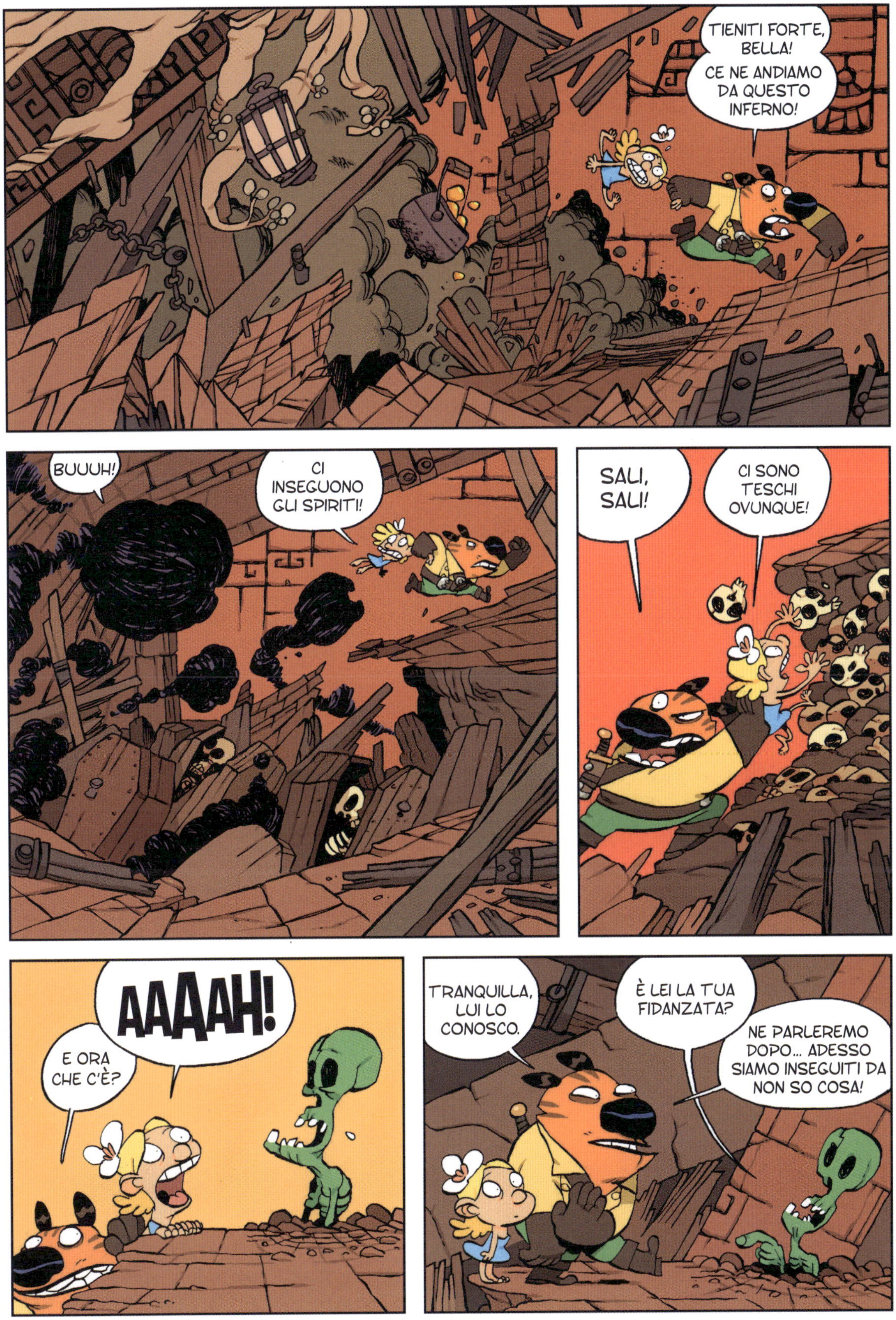
TIENITI FORTE, BELLA!
CE NE ANDIAMO DA QUESTO INFERNO!
BUUUH!
CI INSEGUONO GLI SPIRITI!
SALI, SALI!
CI SONO TESCHI OVUNQUE!
AAAAH!
E ORA CHE C'È?
TRANQUILLA, LUI LO CONOSCO.
È LEI LA TUA FIDANZATA?
NE PARLEREMO DOPO... ADESSO SIAMO INSEGUITI DA NON SO COSA!

SONO LE ANIME DEI MORTI SGRANOCCHIATI DA QUEL DEMONE.
INFESTANO LE SEGRETE DEL CASTELLO E NON VI LASCERANNO USCIRE.
E CHE POSSIAMO FARCI? NON C'ENTRIAMO NIENTE.
INFATTI.
SIETE STATI DESIGNATI.
LE ANIME VOGLIONO CHE LE VENDICHIATE. DOPO CHE AVRETE UCCISO IL DEMONE, POTRANNO RIPOSARE IN PACE.
A PROPOSITO DI DEMONI: È PROPRIO DIETRO DI VOI.
UARGH!
DOBBIAMO TAGLIARLE LA TESTA!
FACCIO IO.
CERTO, CERTO, FATE PURE!
POP!
ALLORA LA TAGLIO NELL'ALTRO SENSO.
SWING!

E ADESSO SIAMO...
... DUE!
COMPLIMENTI, GRANDE IDEA!
SCUSA SE NON HO INDETTO UNA RIUNIONE PER AVERE IL TUO PARERE.
PROVIAMO A IMPROVVISARE.
ZING!
ZING!
ZING!
TRAAC! UN BEL MACINATO DI DEMONE...
... CI POTREMMO FARE UNA DIAVOLA! AH AH!
EHI! GUARDATE CHE VI SENTO, NON È DIVERTENTE.
BUUH
BUUH
BUUH
LE ANIME SONO CONTENTISSIME!
IL DEMONE NON È MORTO MA GLI HAI FATTO FARE UNA FIGURACCIA TREMENDA!
OH, EDMONDO! CE L'HAI ANCORA CON ME?

VOI DUE VI CONOSCETE?
SONO STATO IL SUO PRIMO MARITO.
BEI TEMPI, QUELLI.
CERTO, COME NO! MI HAI MANGIATO LE GAMBE E GLI OCCHI!
È PASSATO COSÌ TANTO TEMPO CHE NON MI RICORDO NEMMENO PERCHÉ TI HO MANGIATO... MI AVRAI FATTO ARRABBIARE, COME AL SOLITO.
PAPÀ!
FIGLIOLO!
SONO CONTENTO DI RIVEDERTI, ANCHE SE PUZZI COME UN FORMAGGIO STAGIONATO.
È NORMALE, PICCOLO... IL MIO CORPO STA MARCENDO.
SNIF... HO LE LACRIME ALL'OCCHIO.
POTETE ANDARVENE, ORA... GUARDATE, GLI SPIRITI VI INDICANO LA STRADA.
BUUH!
CIAO CIAO, GENTE!
MI PRUDE IL NASO.
AH AH! SAPPI CHE NE AVRAI PER L'ETERNITÀ!

RIECCOCI IN SUPERFICIE.
I FANTASMI CI HANNO PORTATI NEL LORO STUPIDO CIMITERO.
DOVE VAI?
A RIVA C'È LA MIA NAVE. POTREMO TORNARE AL GIARDINO.
SENZA DI ME, PERÒ.
RESTERÒ AL CASTELLO, HO TROVATO UN ANGOLINO SIMPATICO PER METTERCI UNA SCRIVANIA.
MA
IO
È L'INIZIO DELLA MIA CARRIERA DI SCRITTRICE.
CAMBIERÒ NOME... UNA ROBA CHE SPACCA, TIPO MARY SHELLEY. HO UN SACCO DI IDEE SU STORIE DI VAMPIRI O DI CREATURE MORTE CHE TORNANO IN VITA.
OH, UAU. INTERESSANTE.
DAI, UN BACINO.
SMACK!
GLBLN
RESTIAMO IN CONTATTO!
BZGL.

A GIUDICARE DALLA TUA FACCIA DA DEFICIENTE, HAI SALVATO LA BELLA E TI HA RICOMPENSATO CON UN BACIO.
CI HAI PRESO.
E LORO CHI SONO?
EHM...
AVETE POSTO?
E ADESSO, RAOWL? COSA FARAI?
SALVERÒ UN'ALTRA PRINCIPESSA!
FINE